轻轻走过

贾光华诗歌精选集

贾光华 著

中国华侨出版社
·北京·

图书在版编目（CIP）数据

轻轻走过：贾光华诗歌精选集 / 贾光华著. -- 北京：中国华侨出版社，2023.1
ISBN 978-7-5113-8919-0

Ⅰ. ①轻… Ⅱ. ①贾… Ⅲ. ①诗集－中国－当代 Ⅳ. ①I227

中国版本图书馆CIP数据核字(2022)第198054号

轻轻走过：贾光华诗歌精选集

著　　者：贾光华
责任编辑：姜　婷
封面设计：青年作家网图书出版中心
经　　销：新华书店
开　　本：710mm×1000mm　1/32开　印张/ 5.75　字数/ 160千字
印　　刷：三河市嵩川印刷有限公司
版　　次：2023年1月第1版
印　　次：2023年1月第1次印刷
书　　号：ISBN 978-7-5113-8919-0
定　　价：48.00元

中国华侨出版社　北京市朝阳区西坝河东里77号楼底商5号
邮编：100028
发行部：(010) 64443051　　传真：(010) 64439708
网址：www.oveaschin.com　　E-mail：oveaschin@sina.com
如果发现印装质量问题，影响阅读，请与印刷厂联系调换。

序一

在金属声里抒写诗意
——贾光华诗歌简评

吕 煊

日常的生活,贾光华会坐在一台有着嘈杂声的机器前忙活,他生产的五金工具,有着现代的气息,听他介绍这些五金工具还将漂洋过海售卖。贾光华有时候会为招不到熟练的工人而心烦,这些机器有全自动的也有半自动的,但都要有人看管,就像保姆照看婴儿一样。脱下日常的外衣,贾光华是一位诗人,一位在金属声里抒写诗意的诗人。

认识贾光华,已有30余年。我还依稀记得1992年的那个春天的中午,我在任教的中学的教师宿舍里接待了这位腼腆的少年贾光华。来见我之前,他给我写了一封信。其实,他就读的中学离我任教的中学很近,同在一个镇上。他读的学校,也是我的母校。母校有一个著名的文学社,贾光华入学后,成为该文学社的一员。我在高中时期就开始在省、市的报刊杂志上发表散文和诗歌,也曾多次在华东六省一市的作文比赛中获奖。当年,贾光华非常激动,很想跟我说点什么。我让他不要急,有话慢慢说。一直到他因为下午有课必需返校了,他想说的话还没有说完。我了解一个乡村少年的理想和渴望,我鼓励他若有习作可以投一些刊物,他拿出笔很认真地做了记录。我也希望他平时有空多到校图书馆看看书，那里有他可以寻找的目标。说心里话，我只是比他年长几岁，比他早几年在报刊发表散文和诗歌而已，对文学已经没有学生时代的狂热。第一次见面后，我们开始有一些书信的往来。后来，我离开小镇回到京城求学，我们的书信就断了。但贾光华的热情，我依然记得。

2017年，黄长征、施云东约我回永康相聚，筹划成立永康乡土文化研究会。我和贾光华又再一次相逢，他没有什么变化，依然是非常热情，见面还是叫我吕老师。他告诉我他还在写诗，这让我非常吃惊。我就问他，你现在在干什么行当？他告诉我在生产五金工具，生活过得还可以，这两年他又开始写诗了。这让我很欣慰，我最怕的就是因为写诗耽误正常生活的人。贾光华不是这样的人，之后我们经常在乡土文化研究会的活动中碰面，他总是积极热心参与活动，我们后来又推荐他担任研究会的秘书长，就这样我们见面的机会又增多了。

2022年春节，贾光华给我邮来一本诗集的打印稿，他在微信里留言，让我给他写几句。读诗，我是喜欢的，写诗评就难倒我了。他说这106首诗，是他这两年的作品，拟正式出版。作为学长、校友、同乡，让我写几句是必需的，也是无法推诿的了。

46岁的贾光华，也算是人到中年了。综观整本诗集，他是一个充满抒情才气的诗人，他没有过多地书写中年人日常生活的焦虑和困顿，他更多的是对过去生活的追忆和对远方的怀想。这在诗人的日常写作里也是常见的，贾光华也没有例外，他采用的写法也没有高蹈和异化，都是直抒胸臆，读来也是真实和温馨。

我说贾光华是抒情型的诗人，在翻读他的诗集时，我关注到他对"夜"和"雨"这两个词的偏爱。他或许是无意的，但这两个词在这本诗集里的占比非常重，有三分之二左右，他在春夜里思念亲人，也在夏夜里怀想远方，如这首《夜的困惑》："为什么，夜总是在凌晨一两点钟打开天窗，上古的传说和故事就是远方的梦想。文字，游曳的船，寂静是最好的伴唱。孤独和寂寞，键盘已经没有了任何力量。蓄谋已久的声音，总是会撞响关闭的闸门。让夜亲吻黎明的曙光！"还有这首《夜的闪亮比白天长》："沉睡只是夜的棉被，星火终究会在夜的草原里闪亮。文字已经可以流淌，春天的葱绿，必定肆意挥霍和生长。梦的白天脚步是永不停歇的车轮，轰鸣和嘈杂的机器，订单、产品、工人，始终是没有解开的枷锁，涌动的只是那一丝光亮。"我推测，贾光华要在繁忙的劳作之后坐下来写诗，应该都是在夜的后半段了，所以时光对他来说很重要，他的106首诗，都是在讲述他与时光发生的各种关系、各种纠葛。从这个角度进入贾光华的诗歌世界，我们就不难理解，他对日常的诗意临摹其实也是对坚硬现实的一种抗争，如这首《凌晨，4点30点》："习惯，总是在深夜的末尾醒来。万籁俱寂，疾疾的车声，脱了白日喧嚣的外套。诗情画意，已经很早流落成草，腰椎在凌晨的梦里才有安祥。可以掏空所有思想，肆意灌装……"他在字里行间的轻松舒坦或者无奈，事实上就是对未来生活的反观和向往，在对生活进行歌唱的同时，他也是敢于直面人生的困顿。再如这首《时间可以给远方疗伤》："只是往昔，早已风干……可以选择了逃避。我选择了一世的奴役，在终南山隐，单骑看了梅妻鹤子的传奇。我没有忘记时光的冷漠，只有佛陀的手抚摸我心，让我空灵。世俗的烟和尘世的风景，迷糊了我，无法牵引你的手心。我奉了一杯清明，隔岸看灯火和已经省略的曲静。"一个热爱生活的企业主，对诗歌的热爱也就是对生活的热爱，也是对家庭的负责和关爱。在这本诗集里，贾光华对"雨"的偏爱，在标题里在诗行里都随处可见。贾光华虽然在市场经济的浪潮中获得一个企业主的身份，但骨子里他还是一个文人，他说他平时内向，不与人交往。只是一个对雨有着某种使命的人，正可谓"日出西山雨，无晴又有晴"，在对雨的高度观照中，也吻合他对诗歌的理解，雨就是诗，诗即是雨。这就是诗的生活。在入世的生活里，贾光华有他超脱的一面，这或许就是诗歌给予的福音和勇气，我坚信任何事物只要有付出就有回报。

我说他是机智的，贾光华的诗歌涉及的题材相对比较窄，写亲情、友情，写风景，写工作，写感悟，写行走等，但他没有写与他无关的或者不熟悉的生活。他每一首诗歌都在写"我"，这其实是一个诗人难以逾越的写作轨迹，对于刚刚

序一

恢复写作的贾光华来说也是一个难题。我没有反对写"我",但必须有效地克制。所以说,贾光华是机智的,他在拟出版的诗歌里已经对写"我"的诗歌进行了有效的重装,减少"我"字的反复出现。有人说过,小诗人写"我",大诗人写世界。事实上"我"的世界,也是大我的世界。祝愿这本诗集是贾光华诗歌创作的新的开始,也是对诗歌生活的新的出发。在五金机械中找到自己的诗意,这也是一种能力!

吕煊

于杭州闻古斋 2022 年 3 月 22 日

吕煊 1971年出生,浙江省永康市人。中国作协会员。诗歌练习者,有组诗曾在《诗刊》《星星》《中国诗人》《江南诗》《散文诗》《扬子江》等 40 余家期刊发表。出版诗集四部。闲时整理研究汉诗代际诗群,已主编出版《70 后汉诗年选》《70 后代表诗选》等。

家园或时间的守望者
——读贾光华诗作有感

李郁葱

　　一个人如果有勇气去从事写作,无论是以此为业还是以此作为渡向精神彼岸的舟桥,他都会经历一种煎熬:对有些人来说,诗是一种辨识的工具,在人生一个恰当的时候,诗歌的声音最终会找到他,即使在这之前,他只有这样的爱好或者对于文字有着朦胧而壮阔的冲动。

　　于贾光华而言,应该也是如此。他回顾自己之所以热爱写作的根源,"我的性格比较内向、自卑,不善于表达和交流,也或许是学生时代受老师影响的缘故,从小我就喜欢读一些文学作品……从那个时候开始就逐渐激发了我对现代诗歌的爱好,并逐渐养成了读诗、写诗的习惯。"

　　这一段直白或许是恰如其分的,尽管他当时所受到的诗歌教育来自汪国真。贾光华出生于1975年,小我四岁,在我们的中学时代,或多或少会被汪国真的诗歌所吸引,但往往随着年岁和阅读视野的增长,会有意识地疏离或回避汪国真诗中的那种气息,那种简单的对生活的凝视和模拟,汪国真的诗所能涵盖的哲学同样是在浅层而表象的,这里不展开说。相对安分守己的人生,诗无疑是一次发现和词语中的探险,而这，构筑了一个人后来写作的基础。

"那里是战国的斗场，车辙里却滋养了上古的青苔，炮火会在过往的云团里互相观望。"（《野草覆盖了胸膛》）……

早年的诗歌教育和后续写作阅读对于诗歌的认识，在贾光华的诗中呈现出一种有趣的悖论：他的诗，如果我们集中来阅读的时候，发现呈现出诗歌疆域的两极。在处理得当的时候，贾光华的诗有着坚硬的质地和让人惊讶的张力，文字构筑出了一道清澈的影子：他的精神向度。我相信潜藏于血脉中的一些秘密基因：它会在自己一次次的自我定位和暗示中强化，以至破蛹化蝶：

我绝对没有伤害你的意思，
你不要紧张。
我只是想把你轻轻地捧在手上，
看看你的伤。

玻璃是透明的，这不是你的错，
仅仅是人类欺骗的一个伎俩，
但，我不是其中的一员。
我们都已经分头撞伤，
因为我们的善良廉价而无处安放。

请靠近我，让我们互相取暖！
——《受伤的小麻雀》

这首《受伤的小麻雀》并非完美,甚至带有学生时代的那种透明和澄澈,但这种声音打捞出了贾光华对生活的凝眸:他无意中道出了他内心秘密世界的来源。离开校园以后,贾光华多年生活在杭州,而后回到家乡开办企业,这种生活所获得的经验,使得他对日常事物有着自己的认识和共情。

这种共情让他成为时间和家园的守望者,比如在《到山里请一棵野兰》中他说:"楼山坑却活在世外。野兰很香,特别是如仙子的九头兰,却未能看上我这样的草莽。"

在门前能够看见的空地里,种下自己想种的植物,以唤醒自己的春天,哪怕仅仅是杂草,也能够表达出自己内心的山水和沟壑,对于诗人而言,这可能才是最重要的。贾光华或许也认识到了这一点,他有一首诗的题目就叫作《春在初晚的唤醒》,这题目显示了一种对峙和矛盾:

堤坝是瞭望的岗哨,在流星开始的窗口

才可以窥探。流霞直接鲁莽,把故土剥夺一无所有。

空旷的风里探出草原上的一把胡琴,呜咽,

有一种咏叹调,生成在上古的河里,

消逝的过往如此暗红如血,

麦浪、稻花、粼光、凉风和晚归的老牛,都已风干。

春如雪,洒在生尘大漠。

似曾相识的酒肆,灰暗在山崖,

一颗水珠早已结成夏日的果酱,都已染上凄惶!

寂静,结痂成了伤!

序二

归去来兮，这是诗人的慨叹，也是守望者的宣言。

我们不得不欣赏这种固执和勇敢，它们是一种态度。当我们把这些诗句放置在贾光华的生活和个人美学的背景下时，我们会发现，诗是生活遭际的一种代言。伟大的诗歌如此，贾光华的诗歌也是如此。贾光华是低调的，他说，一直以来潜意识告诉他自己，他的创作其实只能算是"涂鸦"，是荒诞的、可笑甚至是幼稚的，上不了台面、登不了大雅之堂，至多只能算是文字的分行。

在我读到他的这些诗作的时候，我以为他能够有足够的勇气去说、去写，去持续下去，而不用有置身于圣殿中的那种惶恐和惴惴不安。因为，他也能够意识到的：诗歌是浩渺夜空中幽远的星辰，稍纵即逝，它只存活在我们的"心胞"里、跳跃在脑海中，它虚无得无法触摸，却又是那么真实，让人激动，发生感叹和联想。

但一直会有这样的风浪吹袭，也一直要有这样的勇气去航行，毕竟对于我们来说，诗歌宽广了我们的声音，而现在将会开拓成为一条航道。

当他习惯于在夜晚、在凌晨，在一个人安静得可以倾听自己心跳的时候，写下自己的分行，他已经变身为一个诗人、一个文字国度的骑士。

2022 年 3 月 27 日

李郁葱 1971年6月出生于浙江省余姚市,中国作家协会会员,现居浙江省杭州市。1990年前后开始创作,文字见于各类杂志,出版有诗集《岁月之光》《醒来在秋天的早上》《此一时 彼一时》《浮世绘》《沙与树》《山水相对论》,散文集《盛夏的低语》《江南忆,最忆白乐天》等多种。曾获《人民文学》创刊45周年诗歌奖、《山花》文学奖、《安徽文学》年度诗歌奖、李杜诗歌奖、浙江省优秀文学作品奖等。

雨是芒种的音响
——读《轻轻走过》有感

雪 鹰

贾光华诗歌写作追求的方向，是要凭自己的"手艺"雕琢出玲珑、精致的艺术品。对此，我是持欣赏态度的。从他诗中的蕴藉，从词与想象的黏合度，以及由此而生发的许多意外，许多鲜活、跳脱的句子，已经显示出他的诗写功底、禀赋、决绝前行的信心与勇气。尽管他也知道，自己选择的是一条艰难的诗歌写作之路。"雨是芒种的音响""过往是干粮"，诸如此类的句子所呈现的不单是多向度的立体思考、浓郁诗性，更有他对理想追求的大胆突破、深思苦吟的前倾身影在其中。相信假以时日，他会有更多更好的诗，呈现于我们眼前。

2022 年 9 月 10 日

雪　鹰，诗人，安徽省淮南市人，《长淮诗典》《中国诗刊》《安徽诗人》主编。

江南园林

蝶恋花

目 录

第一辑 心 语

背影如风倚在清水边	2
草 堂	3
此生游兮，没有偏旁	4
对 白	5
风被吹皱	6
感动，先前的模样	7
股金分红	8
归的期盼	9
空气能机的嘈杂	10
南方是我家	11
你是我澎拜的因子	13
陪 伴	14
普明寺·禅梅	15
时间可以给远方疗伤	16
受伤的小麻雀	17
碎影流伤	18
突然，有你的软语	19

我本已跨过那道山岗	20
我的老屋	21
我的泥土草堂	23
我拿什么给你	24
我怕我的孤独惊扰了你	25
我是生活的女人	26
我用诗来守望	28
我　愿	29
我在广场的西餐厅里看你	30
心灵对视	31
雪已撕飞	32
一只飞鸟	33
月光从腰椎的寂静里窥探	34
在老墙里渗出泪水	35
在太平湖想起往事	36
在香樟公园听火车	37
重　压	38

第二辑　世俗烟尘

冲床没有锈迹	40
从大通寺口赶往金园	41

从金园村看向远方	42
打工者	43
大水，汹涌了疼痛	44
浮　萍	45
骨气生活	47
鸡鸣打开天窗	48
你　说	49
品　茶	50
蜻蜓，在金园飞扇着翅膀	51
去往舟山镇的路途	52
我化唐先流韵为风	53
印证的消息，隔着远山	55
游　荡	56
遇见就是信仰	57
约　定	59
在楼顶	60
在马场听说江湖	61

第三辑　时光印记

宝贝，春天来了，我们不哭	64
被偷盗的温度	65

蝉　鸣	66
车在经过夏天的街口，突突作响	67
春，种在了龙川文化园	68
春天了，种一棵树吧	69
春在初晚的唤醒	70
大年初一	71
到山里请一棵野兰	72
端　午	73
给父亲栽些刺柏	74
换一种颜色开启新的生活	75
记　挂	76
寄一封诗书给三月桃花开	77
径山寻幽	78
来　临	79
那个瞬间	80
清晨，赶赴舟山	81
清晨从远方回归	82
清明思语	83
秋　夜	84
壬寅新年晨日致陈亮	85
三月，油菜花黄	87
围　坐	88
温　暖	89

目 录

我的 2018	90
五一的箭	91
夏日的表达	92
野草覆盖了胸膛	93
雨荷的执拗	94
在宝龙遇见	95
在门前整一块地	96
在七棚头听雨	97
在这里	98
在雨夹雪的下午忆起你	99
循着鞭炮的声音	100
轻轻走过	101
迁 徙	102
春风里的渴望	104
春的等候	106
别 离	108
早晨的伤	109
站在 2022 的门槛	110
找 寻	111
这是另一种模样	113
中 秋	114

第四辑　夜的足迹

晨　起	116
窗外，黑夜里装着倾听	117
凌晨，4点30分	118
梦·痛	119
深夜的等候	120
晚归·等待	121
我在心洞和半夜的缝隙里看天桥	122
夜的困惑	123
夜的闪亮比白天长	124
夜灯里，佛陀敲打着水声	125
夜空从黑色的果浆里流浪	126

第五辑　埋在潭底的歌

窗前一盆花	128
感　觉	129
给我你的原谅	130
凌晨五点	131
深情西湖	132

失　败	133
天与地	134
辛　苦	135
信	136
有许多	137
整理心情	138
雨中等待秋天的墨绿	139
藤蔓伏在我的肩上	140
在夏溪村的九点	141
从城里穿行在乡下的路上	142
在农历九月的分界点	143
我只是向阳的玫瑰	144
循着机械的重复	145
晨起，家庭随感	147
在玫瑰之战里丢失了过往	149
在寂静的黑夜里回来	151

后　记　　　　　　　　　　**153**

绿柔缠绵

人生驿站

第一辑 心 语

背影如风倚在清水边

我无异于你的身影,
就像那一声冷唱的水鸭,没有远行。
清晨的黑寂　总是惊醒昨日的旧梦,
潜伏于胸。唯有,深邃的目光可以与你温暖同行。
生,如此,可以在前夜成为起点,
新鲜的鼓点　倾听远方的声音。

铿锵的步履和夜鹰激荡,
秋在深处生长,带来了芳香。
那是我撒在身后的纪念。清新的早安,
越发清晰,
把孤独悬在远方的门框,
只待撕心裂肺的呐喊。

草 堂

天空种满水草,
星火已经流泪,垂下了聚寂。
老槐树挑了孤独,寒霜是清醒的牙膏。
草色苍茫,而且早早蜷伏。
小路霸占了发白的芽黄,又凌乱了期盼。
顽强尽管已经弯曲,
终究可以连通远方。
草堂,灯火里将会吸光长空。
重重叩响门环,声音扑打了水声,
长长远远。

此生游兮,没有偏旁

过往是干粮,故土和西湖驻在澄清的天空。
保俶的风铃依旧,
双峰却活在逝去的宗谱里,模糊了答案。
丢失的记忆,竹溪和曲院风荷已经握手畅谈。
小巷掘起翻修的石板,把磨盘记在墙上,
沥干空气成为原味。
湿滑和幽暗,还有鬼哭狼嚎的夜颤,
都寂静在风蚀的厅堂。
远方绑架着过往,从此荒芜。
我终究因为印记踩动了原点,
却空了皮囊,流放了思想。

山岗是远方的门槛,
时光竟然可以隐藏,
远方流曳着留声机,渐渐拉长。
晚风已经离散,
小溪的清澈、小草的清香,
都可以热泪盈眶!

对 白

对座,让少年撞上雾霾。
血液盛放不会更改的迷药,
涌动的只是未化的寒雪,
在一旁读白。
风从南国吹来,茶香与对白,涟漪片片,
在远处,青山依旧在。
蓝天,抵达海的边缘,
感叹无法回味。
尘世,如花开而无法释怀。
烟尘薄薄,如流水远去支离破碎。
对话是掩埋千年的水泵,
在深井里,有月的残缺和寒冷。
一首诗歌在沙漠里行走,
直到没有太阳!

风被吹皱

有些尘土是必须用水洗的,
唯此,释现纯净的本真面庞。

沥青铺设的马路白天是白炽的,
只有,在夜晚才可以恢复,
其应有的黑黝和发亮。

静,可以沉淀虚荣的喧繁,
在空寂的早晨,
释放本该拥有的另一个模样。

车轮的呼啸,
把马路和夜都吹皱,
会感到一阵振颤,
仿佛是从已经遗忘的过往,
传回的声响,
涤荡在已经陌生的高原。

感动,先前的模样

你,站在远方,望着我,
微微一笑就露出你父亲那般模样,
不知是姓氏铸造的模板,
还是血液已经标注了偏旁。
这是一种使命必达的武器,
速度,从记忆深处奇袭,
重重击伤,
迷糊了眼眸,宛在水中央,
那么清晰,无法抹去!

股金分红

这只是一个名分,
把分红的名字写上诚信的秤砣。
隆冬,迟到的归期,
老农耕作四季的雨水,
才有白墙上刻写的印记。

这是又一茬收割的庄稼,
锈迹是老农的褶皱,
背影里听见长长算计。

石板路的青涩连接,
家的归途。

归的期盼

我骑着一匹孤寂的马,
黑夜中,看见文成公主向我走来!
她又给我带来东归的种子,
我颤抖双手,敬奉在供台。

我是贺知章的门客,
带了先生的手谏,寻着儿时的路,
却发觉西溪已改。
旧时的老友,递上鼓鼓的红包,
打开来,才发觉机票已经作废!

我蜷伏在燕子窝里,
无常就锁了归乡的小鬼。
烟火春秋,把我阉割成公主的手杖,
燃成泰山顶的头香。

我知道,
我早已化成盐湖的一分子,沉坠
只有晒干了才能呼吸晨曦的泪!

空气能机的嘈杂

你，五月的婴孩，
把啼哭灌彻长空，
在黑黑的夜划出你的名字，
我用弱弱的心，
感知到你嘈杂的原因，
轻轻一个小小的颤动，
恐惧瞬间被寂静牵绊。
她始终用掌心捧着你，
把名字刻成你的印记！

南方是我家

那个南方是我的故乡。
我时常想,时常望,
我不敢靠近你呀,
不知道你变成什么模样。

儿时的石子路连着家和学堂,
蒸饭罐里装满了希冀的光。
裕世桥下,流水潺潺是我的书房;
大簟基洒满久久的欢笑,追逐的人儿没了方向;
樟树山应和着石塔塘,长长的捶洗声中,伴我走向远方!

啊,我的故乡!
我用时光,来做念想。
听说你成了待嫁的新娘——
儿时的祠堂,刻上了贾氏的荣光;
祠前塘里架起彩虹,轻抚着老年公寓的温暖。
你把长长的石板做成记忆,
铺成星光大道,
把长山嫁接成影视家园;

你湮没风华,填平沟壑,
将新村的目光洒向荒芜之地,
用花满地的名字,演绎成发展方向。

我不敢靠近你哟,
因为我是风筝的线,细细的,
不知道雨什么时候会飘成你的地标,
把小厅的书声拉长、拉长!

啊,我的故乡!
我多想回来,掬一捧土,化为你的气息,
守护着父亲的铮骨,再不奢望!

你是我澎拜的因子

我从三月的风里醒来,
背负你用左手撰写的血泪。

青草给了蔓越的低矮,一直延伸。
地平里平行的车轮,舒展着撕裂的呐喊,
释放灵魂。

北方的狼,招摇春秋的梦想,
逡巡在边疆,
把轮回的故事致敬成目光。

你是我澎拜的因子,
在冬夜的寒流中,
指引回家的方向!

陪 伴

时光,没有干扰,
女儿的网课可以比喻发白的闲暇。
静是难得的脾气,可以生成平行。
桌角的茶水,
可以呷出读书的乐章!

普明寺·禅梅

听禅太久，尘事和你间隔。
默然相视而笑，落座，
未曾谋面的故交，
却在简单的作揖中，迎风而笑。
你的盛放已然迷惘，
晨钟依律叩响，为你做伴，
而宛在山的一隅，满坡如绸，直至迷伤。

人声清幽渐远，鸟鸣亦亦穿透层嶂，
群山相拥，灵魂和浮身对话，
沉醉如酒，新风躺在青草之上。
倚身于花事，温润糯暖，
望断湖水，一如太平的名字，
载一叶扁舟，没有思量。

时间可以给远方疗伤

翻开尘封的日记,
就是在寻找,过往的印记。
我是你的影子。
只是往昔,早已风干。

西湖的水,一层层涟漪,
可以选择逃避,选择一世的奴役,
在终南山隐,单骑看梅妻鹤子的传奇。

我没有忘记时光的冷漠,
只有佛陀的手抚摸我心,让我空灵。
世俗的烟和尘世的风景,迷糊了我,
无法牵引你的手心。
我奉了一杯清明,
隔岸看灯火和已经省略的曲静。

受伤的小麻雀

我绝对没有伤害你的意思,
你不要紧张。
我只是想把你轻轻地捧在手上,
看看你的伤。

玻璃是透明的,这不是你的错,
仅仅是人类欺骗的一个伎俩,
但,我不是其中的一员。
我们都已经分头撞伤,
因为我们的善良廉价而无处安放。

请靠近我,我们互相取暖!

碎影流伤

花期如雨,碎了早茶,
白中带绿细细潜伏,茫茫地。
青葱的枝干,站成孤寂的倒影,无处可寻。

清早用一些良好的问候,
早茶便可安乐得长久。只是,
一地的花瓣早已剪碎,
安在早已干涸的窗口,
柔润的新风送回青春的声息,
附带一簇簇由近及远的目光。

突然，有你的软语

公交车，夜的背影，都已走散，
你、我、他，各自繁华，
聚拢霓虹灯的光写下白天的印章。
依然低语，编辑赤诚地翘首以归。
又一个场景，
可以注释成盛邀的嘉宾，
错落交流，放大放学的格式，
还有简单的问候和真情。

一页空白，突然，
记下你的软语！
走出自己灿烂的世界，
盛开静候的花蕾，
让浓荫沐浴夜的书香，
铺满晚归！

我本已跨过那道山岗

我本已,跨过那道山岗,
未知和渴望都没有焦点。

黄岩晓钟沉睡,在厚实的宗谱,
双峰耸月只是传唱。

我以为在十八山头,可以有小小的橘灯。
上畈松涛、竹溪月影,都可以经久经年。
山岗是我远走的力量,
却未觉是心底的酒缸。

蓦然回首,
你的斗笠和老牛,依旧。
落日余晖,都似未曾解下的松间畅想!

我的老屋

潜意识里,我把它唤成父亲的老屋。
在这里可以看见父亲、祖父和祖母。
庚子年的立春,阳光尽管纷繁,
我还是撑开了戴望舒的油纸伞,
又打开老屋,这一幢蜷缩得低矮的土瓦房。
斑驳的泥墙,厚重地把光过滤,只有亮,
祖母的声音、祖父的笑容记挂在黝黑的烟囱印里,
爬在那一根根木椽上,
守候着我的印象和情感,
尽管我在年前已经换了新瓦,
抽干了老屋的灰尘和烟霾。
心很静,静得可以将我虚脱的躯干又渐渐充盈。
飘浮的烟尘是我往世的背影,
只有在这里才可以仔细掂量已经流逝的过往。
修瓦的明盛师傅说,这里藏龙卧虎。
他说黄岩晓钟终会敲响。
我哑笑,
世事沧桑无复,我的老屋一直漠然。
老屋前的小弄,

昪昮里因为一个老妇手捧着火笼，
成了戴先生的胡同，阳光漏进来。
好像走在布满苔藓的鹅卵石路上，
搀着先生一起回到了书房。

我的泥土草堂

暮色阑珊，天已暗淡，
星火都已睡了，
老槐树探出头颅，抵挡孤独，
遮挡了寒霜。
草色已经苍茫，早早蜷伏，
把小路侵蚀，霸占得发白和凌乱，
顽强尽管已经弯曲，
终究可以连通归家的路途。
草堂灯火幽暗，紧紧敲响门环，
大喊一声，爹、娘！
我是远归的儿男！

我拿什么给你

时光浓缩,生活成了标志,
每个人都如此:
宅家、电视、手机、懒床;
一个月是一天,一天是几个光年。
地球开始翻转,
天上流鸟在转,书本没有思想,
网络连接短路的课堂。
街衢有了几点新鲜的气息,依然有很多人在梦乡。
听说广交会要取消或推迟;
义乌商贸城开市后却少有人往。
海的汹涌泛在晨起的鱼肚白旁,
龙川文化园门口停了复工的班车,
却把家隔绝得很远,
马路在家的边缘,
阑珊的故事,是否有悠远的传唱?

我怕我的孤独惊扰了你

中秋,已经记忆成动名词的结构。
月圆的相思和这个词组牵手。
如眼前的水,月圆的光,冷冷的伏在肩头。

总是说,今夜的月特别圆,却没有发觉,
月圆之心里冷郁的眼和幽远的光。
晨风拍打着惺忪的冷水,迎接每一颗活跃的分子。
把月圆贴近地平面,
把自己摁在脚底,
可以让阴影走在前面。

月圆之时,月圆之夜,
我泊在已经空寂的原野,可以一点一滴,
放大昨日的梦想。
只是,我担心我的孤独,
惊扰了你的远行。

我是生活的女人

我是生活的女人，一个卑微的女人，
一个早起时就可以摸到昨天疼痛的女人。
我整天行走在生活的磨盘里，苟延残喘。把，
每一道痕迹都塞满已经风干的盐霜，
在手上，划开成为戈壁滩。
六月已经挨紧隆冬的心房，
雪花膏不会晒干。
一次次的擦拭，
点亮了午夜的听窗，成堵在胸口的馒头，
挨到天亮！

我是生活的女人，一个与午后交易的女人。
重复的动作、一样的订单，只是贫瘠的给样，
新年的二月始终无法装上远行的轮子，因为，
简单的思想架空了要价的伎俩，
翅膀已经清瘦而且折伤，只有观望等待装饰的天窗。

我是生活的女人，一个在门口思乡的女人。
泪太浅，总是在半路就已经让风沙迷伤。

云层里透射的光,只是极速远去的思想,
明天是否可以搭上启程的航班?

我用诗来守望

我终究还是把自己晶莹剔透。
戒掉已经生锈的心,用回声,
轻轻推开历史的车轮。记忆如幽灵,
早已风干成膏药,可以舔舐伤口。
我擎着一柱长明的光,
删了年少的记忆,祭奠成涩涩的酱,
把前生今世都记忆在心头。
烛光插进青果里,
余辉为何总是染不上红光?
烟尘携了推土机,剖开胸膛,
任枝桠不经意长满心口,沉溺进浊流。
时光却漂白不了永远的叶绿体,四处漂流!
我只有用诗来等你,
曾经的笔,写上问侯,
早安,我的亲朋好友!

我 愿

时光随我所愿,车轮随我飞扬。

世事的繁杂总是包蔽了我的渴望,
一池清水也是好的,可以在雨季里,
矮在墙角边滴滴答答,
听着自己的情感。积蓄力量,盛满之前的心愿。
尽管只有青苔相伴,
那也是可以苦苦的相盼。

我愿,车流不要太嚣张,
捋直了方向,你我都可以放飞梦想。

我在广场的西餐厅里看你

雨中,褪尽面纱,
换一盏茶,聆听声音。
车来车往、左转、右转、直行,
BRT 彰显风景。
LED 跳跃着舞媚和光影,没有声音。
霓虹灯塔、书城,还有摇曳的风,
汇集、汇聚,倏忽又没了身影。
我是最疏懒的人,却忽悠着。
八成熟的牛排、喝了半杯的白开,
对面的香樟和景观石,在雨中湿滑,
一段无可安放的追寻。
回首,依然发觉,无处找寻"金婆双星"!

心灵对视

镜子盯着张望,捕捉思想,
让岁月从褶皱的皮纹里挣开,
一张地图,已经画了太多的酸甜苦涩。
只有透视,才能窥探井底的雾霾。
洁白的生活,只是种植的枪管,
可以成为飞驰的子弹,使命必达!

雪已撕飞

实在,我已没有更好的词语,
表达昨日的渴望。
你的到来是上天的怜爱,
触目所及,都是你幻化的力量。
我已沉睡在众矢之地,撕飞。
车轮先于你到达,
你先于昨日的预约而归,
漫天飞洒,如此,
剔除所有的过往,刮骨疗伤!

一只飞鸟

已经荒涩的蒿草,
埋藏了许多昨日的念想,
还有一只飞鸟。

风和我相伴,握手,
可以感觉夏日的温暖。

湖水释放半生的涵养,
浅浅的泪痕还在流淌。

晚霞,其实可以洞穿心坎,
我轻轻路过。飞鸟,却扑闪翅膀,
振伤了我的眼眸。

一只洁白的飞鸟,在我的前方,
晴空下,让你我无法端详。

月光从腰椎的寂静里窥探

已经习惯,早晨从读秒开始,
一切的日常都可以生长脾气。
厚重的镜框是玻璃房的镜像。

劳作从工人的吆喝声中开始,
开始打包、采买、发货、换装,
日期和订单都可以印在急促的脚印里,
推着春挨着冬的门槛。

腰椎从寂静的缝隙里,
透出了冷冷的月光,
夜黑,岁月从水底无声凸显,
终于可以细细抚触着你清晰的模样。

在老墙里渗出泪水

一大早,老腰就在疲惫的温床里寄养。
滤网的孔已经盛不下太多的静,
水,私下里逃逸得抓狂。

一个简单的动作便已生硬,
徒然竖起,如一堵老墙。
尽管已是春日,
我还是能抚摸到祖母那已经消逝在
梦中的泪水。

人来车往,早晨——七点的太阳
锁住了我的昨晚,还有前日的激情和梦想。
远处的荷塘依然可以窥见残冬。

二年级的女儿,用欣喜和惊奇告别,
昨日一堆的烦恼,马尾辫子甩得很远。

在太平湖想起往事

其实,水库是湖的前身,更适合说谈。
在弯曲的湖边盘转,便想起廿八年前的背影。
记忆,依然潜伏在已经流失的断层里,
没有泯灭着向往。一步步抬头仰望,
从坝脚到坝顶,从坝顶到湖心,
无声无痕,
直抵你的湖心,干干净净。
一如我们都未曾远行,万物寂静。
那个下午,我们畅谈得鱼儿都没有声音。
湖水澄静,刻骨铭心。
现在,
我们又想重新出发,去看看你的风景。
只是,我们再也没有成行,
只有望断湖水牵着故园,
在梦境里哭喊着爹娘,
一路奔波,远行。

在香樟公园听火车

晨起五时,在香樟公园小跑。
火车,从公园边呼啸而过,
素昧平生,我们都在行进着自己的轨迹。
你的铿锵气息和白色雾气,
长鸣,从头顶掠过,从假山和湖心的水面飞过,
从树梢惊醒了梦中的鸟鸣,
因为间隔,似乎光影斑驳,
但仅仅,仅仅有短暂的时刻,
就疾疾而去,没有了踪影。
公园里依然静谧,
公园里依旧有我的声音,心跳,
我的气息,匀称得已经可以忽略你的曾经。
此时,太阳即将升起,
我们终将成为过客!

重 压

雨。因为冬,把空气都凝重,
宁波会展中心,硕大的弧线屋顶,
银灰色的,头顶也是灰色的,阴沉的,
在广场前,空旷得稀薄,
渺小和苍茫,相伴。
呼出的口气,倏忽成了标志。
在这似曾相似的陌生之地,
本真已经变得稀奇,
光鲜亮丽,表象里的繁碌,
都已褪色。
我一直醒在南苑酒店的软席上,
四十多年的履历,
却一点点地可以显现和触碰隐藏的辛酸,
如此真切。

第二辑 世俗烟尘

冲床没有锈迹

订单从不经意的门缝而来,
新旧不是本色,
夜开始加长,
星星已经重新点亮。
籍贯和前生都已注销,
只待落地生根,
就可以撒欢!

从大通寺口赶往金园

金园已经莫名,
它是水清庵的女子,
却始终无法找寻。
大通寺的梵音唱诵着接引,我们从尘世外赶来。
阳光驱散了所有声音。
稻穗倚着变幻的车轮,洒着笑声,
一起齐齐看向老农手指的千祥方向,
曲迷的路途在指端,含着乡人的盛笑成为导引。
晴空下,巨大的纯净蓝色幕布里,
突然传来清脆的鸟鸣,从未知的深处,
穿透重重的羁绊和包围,掠过,急急没有踪影。
轻轻越过,已经跳跃在胸口等待的牌门里,
穿过古朴的背影,从素净的眼眸中,
赫然可见一朵朵盛开的圣莲,
宛在荷塘月色的深情里成为风情!

从金园村看向远方

第一个撞击的音符,就是在脚下击弹的磕绊,
突破家园的界限,
从神经的末梢潜出黑色,生发清新和油亮。
记忆终于生成疼痛的利刃,
雕刻沉重的磨盘,回归,
在田间地头犁开沟河,加注期待的目光。
民宿,从乡民的矿床渐成新鲜的乳汁,
成掩藏的脖子。
这是最为珍贵的矿产,一种建筑
忘归庄从黄土屋里破壳闪光,
换个人间模样。大讲堂的窗口
因此眺望荷塘,月色里弄撞击了无数思想。
深邃的目光总是和探望来自远方,
在金园,已兑换成三联的模样!

打工者

无所谓,没有色彩的空白,
瓦砾间串行、游荡着的累赘,
你依旧选择这里作为殿堂,
标榜自己的资本,
却在不经意间让二月掏空你的皮囊。

时光终将会老去,
醒悟吧,二月推了历史的车轮碾碎你的梦想!
懒惰和耍赖、保守和蛮横,观望和无尽,
要价,是你自己掘的坟墓;
你应当清楚,
勤奋、上进、技能才是你的归宿!

大水,汹涌了疼痛

大水,汹涌了我的疼痛,
隐隐地潜伏在沉降的天空。
我的老屋,
驮走了纤长而又上古的根,从此迷途。
泱泱的模样,俱寂了所有的尘世,
在脚底和眼前搜刮了所有。
我的手臂终于还是流失了,
从此一无所有。
泪水已印成沉坠的汗渍,
在来来往往的繁忙和橄榄绿里闪亮。
时间是微弱的烛光,却可以做成圆心,
让痛收集更多的流浪,
因为磅礴的力量,
大水赶走昨日的忧伤。
唯有缓缓的流泥,
记忆着大水远去的方向,
晒干了就可以做成远行的干粮,
还有我们不断生长的目光!

浮　萍

（一）

千山万水和梦想同行，
你的茫然和渴望，
隐匿了你的风尘和过往。
你把眼睛包裹成可烂的苹果，
把逡巡做成远远的迷离。
你的目光，标榜了性格，
却阻挡不了浮沉的力量！还是，
那一家家小小的工厂是你的漂移站。
空旷的守候，
依然如雨，夜幕中消失了你的归来！
明日依然听着夜雨的歌，重复着
昔日的轨迹，
只是用了新年的名义。
我不再悲伤了，
因为我们都如此重样！

（二）

星辰，天空可以释怀，
将一池湖水流放。
终于流浪成空空的行囊，
草原还是住着北方的野马，
只有时光穿隧在胸中。
雨滴是上古的仙水，马儿的蹄印模糊。
两鬓的斑白却没有推开贾岛的篇章，
如昨日的梦幻依然。

骨气生活

就像你是我曾经的亲人,
为了生活,流浪。
你没有去工厂,也没有去作坊,
却把性格写在脸上。
小三轮里一日三餐、四季寒暑,
诚信、谦和是唯一信仰,
你没有伸手讨要的懦弱,
也没有坑蒙耍奸的龌龊伎俩,
却在风雨里刻画着你的坚守,
坚守在你的老乡出没的街角和场所。
用你的少语,用你的沉默,
坚守你的原则,把一个个信仰化作辛勤的汗水,
洒在这个异乡,你用心丈量的每一寸土地,
替他们——
替你的老乡抒写一曲曲生动的奋斗之歌!

鸡鸣打开天窗

少儿放学嬉笑,夜已黑。
点灯,开始六百个跳绳,
白衣天使的良方,
让雀跃可以激起岁月升腾。

龙川文化园的星火在昨晚点亮,
硕大如盘,
敲打龙山大道的车辆繁忙。
鱼肚没有翻转,
高速路口还是生长在幽静的远方。

邻家开门的声响,
已经惊扰了夜梦中的儿郎,哭喊。
鸡鸣从村舍中传来,
打开天窗。

你　说

看着你忙碌的样子，
只有影子可以搭讪。

三个人就可以成团，
影子都可以说话和伸长。
你说明年"星牌"签了一个大单。
小弟说明年不要忘记带我喝汤。
嘴角的浮笑，就是深深的印章。

你说，我们最怕的就是年关，
年关却蹦跳在你们的手掌。
你说小伙子干活就是漂亮，
你说明年再来个大单！
一转眼，生活从平面，
变成了各式各样的立体模样。

我和旧年的影子在一旁。

品 茶

一个品字，三张嘴巴，就是一个天下。
故事，在天下里演绎和发生。我，
只是沙漠里的过客，一盏茶，就是苦旅的全部生涯。
我已经淹没在这个尘世，没有任何的幻想，只有，
劳作之余，沏上一杯酒红的野红茶，
拿了恰到好处的温度，
呷一口，就可以输入所有的战国和密码。
可以暂且卸下所有的风月，
把腰板的疳虫剔除，换一副轻松的马夹。
或者，在午后，茶香发酵书香，
一个春秋便可以统领三国的厮杀。
水，是茶的灵魂。
深山里的清泉就是我最爱的表达。
在一个莫名的早上，接引流进心坎的山泉，
也接引身灵的景仰和欢畅。
把山泉载回家，从起点到终点，
是两种不同的回家方式。
为茶而饮孤独和寂寞，
在透明的玻璃茶杯里发现另一个自我。

蜻蜓，在金园飞扇着翅膀

其实这只是一个意外，
向导突然把我的双眸寄养。
一群蜻蜓飞在上空，飞成了诧异和惊叹。
在静谧的尘境，它们在翻腾别人眼中的寻常。
我也是其中的一张翅膀，
在金园的尘事里，叩问徐氏宗祠的古迹。
荷塘在月色里暗香如沁，秉持着静谧的初心，
墨色的防腐木在脚底渗透了曾经的风霜。
三百塘和黄老先生，
隐藏着鱼在水面下戏水的故事。
泉水，从陈敢塘经杜坑而下，一起
探寻徐氏来时的征途，少有言语和踪影。
在黄家大院，玲飞和兮若停在窗前，
两只离群的精灵，
和金园里的蜻蜓一起静默成别样的风景。
杜坑深处，泉水坚持着木鱼的声音。

去往舟山镇的路途

去往舟山的路途,
青山、绿水和鲜有的行人,
都是陌生。车轮可以撒欢。
石碑古体,却没有言语的唐突,
变化的卧姿,轻轻留给流水和远山,没有触痛。
墨色如水,灯塔如炬,就在匆匆的余光里。
赫然看见伟人的石像,
依然挥舞着大手,注视着远方,
那种情景是经典的印记。
一如穿了簑衣的老农,迎面而来,
重重撞击着心窝!

我化唐先流韵为风

塘西，唐先，约定成为风的信使、千年的美谈。
我坐在车上，才发觉了邻家小妹的眸子，
轻轻隐蔽了自己，
却为我掰开了五指岩的仙姜，成为暖阳。
早已经年的流霞，把新鲜的柏油路抚平了门槛。
红富士的标签，是否已经让鲜莲婀娜了身姿？
十里长瘗，挖掘的是暖凉；
浓蔽的心石，牵住了我的羁绊。
金交椅、金水牛，是晚风的传唱，岩洞口的绿石头，
或许，有时光的守候，在书香的池水中浸透。
白糖，再也粘不上牛血汤的润喉。
我扶了一颗古松，
把曾经有过的梦想，插上了葡萄和红糖的翅膀，
系住了前行的路。
平淡的心，流放了现代的磅礴和豪迈。
把九狮图唤醒，让醒感戏传唱。
晚风的歌，是否可以相得益彰？
我曾经把心铺平，只是为了盛装。
你的小竹篮，贴上了红纸，

把"唱公事"的墨汁深遂成为十兄弟的精神信仰。
我不是信徒,只记住了狗尾巴草的模样。
我抚摸着你的双手,化了唐先的风采,流韵成章!

印证的消息,隔着远山

微信公众号里的记挂成为影子,
就在儿子所学的任上。

华溪江水的温情,让我从同窗的意识里,
找回了二十年前的青春,还有羞涩的心愿。
电话小心串联昔日的同窗,
我已经舀不起先前的水,只有唉声长叹。
但是,我庆幸还是可以顺着水流,找寻到你已经
停靠在了更大的出海港。
但是,我却不能预测昔日的他将会消失在何方?
也许,岔路就已经在二十年前生长。
印证的消息,突然,隔着一座远山!

游　荡

嘈杂掩盖不了你的目光，
因为风霜已经掩藏了春夏。
在展会的每一个展位里，等候
你的目光，或许便是连通的电网。
初冬的风滚烫了许多蜷缩已久的双手，
我们相互景仰。

时光和目光在相互赛跑，
脚步已经攀上渴望的肩膀，
尘嚣过后，静是含苞待开的果。

遇见就是信仰

你抖落了历史，递上了迟到的光
风沙吹蚀，皱了满筐的孤单。
你把执着雕刻在脸上，
才发觉自己早该回到盛唐。
我依然单薄，
经年的素描，
一点点地刻成母亲腐朽的温暖和力量！
你携了称砣，我端了幽兰
把一片云彩酿成绵绵的酣。

我写了三皇五帝的坐驾，
轻抚你婴孩般的嫩白。
一笔笔刻画你的印记，
从此便将你放大成山拓的光，
如陨石沉坠永远！

你的轻柔，
早已瓢干了东海；
轻松的触碰，

便唤来了泰山的伟岸。
一切如风如尘,
只为了对眸,守候信仰!

约 定

我躲避了你那灼热的目光
却把磅礴铺开涌动，
裹紧了曾经的帝王，
心有吉祥，把一地的红地毯酿成法国香，
赴西湖寻夸父，奉一粒珍珠润拂了四叶草的亮，
这个舞台，国家会展中心，却写不上保俶的柔情，
我已长袖及舞，一池华溪水赶了鸡毛换了糖，
我已飘然若定，用永康的名字写上山拓的光，
你来吗，你是嫦娥还是吴刚？

在楼顶

楼顶总是空旷的孤独,
风在游戏,我是一个看客。
城市在生长,远山已经成为挂历。
寂静的喧嚣触手可及,却又如此遥远。

天空在生长,脚底下的万物在地底延伸,
铺张,漫无边际的,抢夺残存的空间。

我只有远看,
伸手却不能相握!

在马场听说江湖

隆冬和暖阳平行,
去马场必须路过上坛头和寺口,
隔着距离的路途,
寻访一段故事、倾听一个江湖。

金顺帆的名字和跑马场关联,
一个生动的故事。
已经斑驳的老墙隐在藤蔓的脚根,
获得重生。
山风微软,草地无垠,
马在草房内张望我们的内心,
掠过缓缓的溪水,回想昨日的狂奔!

江湖已冷,已经退出山外,
飞翔老总手指墙瓶中流出的山泉,
轻松笑谈,来朋友有好酒的典故。
他总是说讲故事的年龄,
其实已经流失了生动和激情,
却依然可以窥见豪情和自信。

饭店的老板娘，关联起沙漠里的客栈，
生鲜的菜心拌上香嫩的土味豆腐，
调出你难忘的味蕾，
从久远的童印中唤醒，
都是了然和干脆的营生。
午后，看见她在洒满了暖阳的小道上，
复述着姐妹情深，成另一种风景。

松林哄睡了低矮的山石，
静谧的，隔绝着，
一切都错落地生根，成另一种尘世！

第三辑 时光印记

宝贝,春天来了,我们不哭

油菜花已经在露珠里伸长了胳膊,
等待着惊蛰的大手掀开春的棉被。
书包里的骨节已经抽长,
梦,摇醒了远走的印记,
牵着深情的目光,寄来了
雪的洁白和夜的烛光。
世界的窗口从地底下伸出了脑袋,
所有的生活都已做成,
集装箱、工厂、超市、网络和课堂的方框。
背影是永远的伤感,它注定无法改写明天的太阳。
哭是蜕皮的药,可以沉思画笔该怎样勾折弯转!
我们都已经舔干了风沙的泪水,
呼啸声可以做成长长的笛子来吹。
苦难和空灵紧紧相随,它是去年腌制的腊味,
在春天里,可以和春的浓汤一起加油放飞!
宝贝,春天来了,我们不哭!
春风里,我们都已经生长了渴望的大手,
一定会一路紧紧依偎!

被偷盗的温度

这个温度已经消失,却在指间婉转。
夜都没有深邃,
天当被、地作床都一起走来,
时间的流逝和伸缩,都可以渺小,
可以把肌肤贴近地面尽力倾听地底下的涌动。
尘世小得只有一个人,
浩瀚星辰都可以相亲和触摸,
静止没有知觉,温度已经被流星偷盗。
一盏茶,一页文字或者是黎明前的故事,
都可以无所顾忌地尽情扩展,
年华如此疯狂!

蝉 鸣

蝉,一直在夏的羽翼里,
生长夜的渴望。
背影鸣叫,让人震颤。
书声顽强探出围墙,
梦想的路是压缩的罐装,
案桌上的墨迹未干。
或许,感官已经种在草原。
远山依旧对标早起的晨光,
轨迹不应该消逝在流星的夜晚。

你从我的背影里脱壳而出,
成了下一个十字路口,
天桥,记挂了云的飞翔。
生活的夏荷始终和蝉相伴,
终究还是放养了溪涧的水,
从远山到黎明的曙光!

车在经过夏天的街口，突突作响

盘峰突兀撩起夜光。醒是一种状态，
小酒肆意　缝隙里渗出的温度。
水流终于挨过春日的门扉，
无论冷暖，目光都是湿滑。
记忆，吊打了胸口上的冷枪，
只可封存，把标签收藏！
我早就是那个热血的壮士，短袖、简装，
可以轻轻地卸下曾经苦痛的血汗，
时光或许已经生成坐标，
街衢、酒吧、祠堂，还有门口倚着的老狗，
梦中惊扰的池塘，都将解除封印，
期待夏的街口，可以指明方向。
雨是芒种的音响，大水可以铿锵。可见可听，
车在经过夏天的街口，突突作响！

春,种在了龙川文化园

黄公望和我故交,
应该会带来富春山居,
在虎坑、十八山头和深塘捡拾未曾遗忘的梦想。
残荷早就已经和子鼠进入梦乡,
只待水波涟漪化开风的呼喊。
或许,这样的力量比较粗犷,
奏响黄岩晓钟,
还有双峰耸月的臂膀都是已经流失的传唱。
先生放养着虎坑,这个十八山头的儿子,
紧紧拽着长山的鼻梁。
春雨隐藏进先生的画笔,
升起深塘氤氲的气息。

庚子年从寂静的街衢开启,
寂静的声音在积聚暗暗的力量,
在那一垄垄的油菜绿地,
在竹溪的回响里,倾听春雷的炸响。

春天了,种一棵树吧

春天来了,可以脱下厚重的外衣。
只是我生活在海底,
还无法捕捉到暖流的讯息。
山坳的雪还在春的信使里等待着归期,
我们已经等待得太久,蝙蝠说
庚子年是一个新的纪元!
来吧,种一棵树吧。
让它的根须伸长一直到海底,成为孙行者的金箍棒,
可以搅动一个冬的蕴藏。
我们依然静静地倚在老墙,
欣赏村里的姑娘,让李春波难以忘记。
复工的专车在早上睁开了双眼,
马云的小二开始在手机里给了一个大大的感叹。
春天来了,开始种一棵树吧,
今年的春天会很不一样!

春在初晚的唤醒

堤坝是瞭望的岗哨,在流星开始的窗口
才可以窥探。流霞直接鲁莽,把故土剥夺一无所有。
空旷的风里探出草原上的一把胡琴,呜咽,
有一种咏叹调,生成在上古的河里,
消逝的过往如此暗红如血。
麦浪、稻花、邻光、凉风和晚归的老牛,都已风干。
春如雪,洒在生尘大漠。
似曾相识的酒肆,灰暗在山崖。
一颗水珠早已结成夏日的果酱,都已染上凄惶!
寂静,结痂成了伤!
四合院潜伏在高楼的伤口,
我也已经风化,因为我的上辈子已经消失和迷惘。
但是,目光还在,
春依然会从旧石板的小路里走来,
相思,可以一点点采摘和点缀。
从未归的日子里走来!

大年初一

风伏在心情的肩背,开始催促,
第一声问候在第一缕晨光里,
轻抚,辛苦的疲惫都没有。
脚步没有和远方期待,
家园伴着新衣;春联记挂笑脸
茶水温润的兄弟姐妹,没有更好的分享。

晨起时,有一簇触目所及的灯火,
那也是故土的地方,
只是我还未曾到访。

到山里请一棵野兰

尘世太过喧哗,楼山坑却活在世外。
野兰很香,特别是如仙子的九头兰,
却未能看上我这样的草莽。

山峦叠嶂,
已经生长了拒绝的脾气,还有一些伎俩。
大山的风格别样,山风是山的使者,
这是山的本色。都没有学会如何表达,
霎那间,就捧出心底的珍藏,
如山间的清泉。
甚至,可以抚摸到,
久违的太阳和失传的酱豆香。

来吧,有时间就进山,
请一棵野兰,清香弥漫!

端　午

屈原从凌晨醒来，
菖蒲守候在门框，艾蒿在窗台张望。
红丝线串起的粽子，
也串起出嫁的女儿和远归的游子。
端午，迎来了一条巨龙，
从汨罗江游进了每一条盛放相聚的溪水。
倾听久未谋面的召唤，
用加塞的车子，也加塞父老的眉头，
加塞山门前酒红的杨梅，
慢慢啃着孙辈加塞的豆芽菜。小伢儿的爽笑，
在江南的雨季里没有发霉。

给父亲栽些刺柏

父亲在山上睡着,
刺柏和仙鹤也都停着。
念想可以渗进清水,满满的
会读懂春天的感叹。
每一个土坑都盛满父亲的气息,
把它们伸直,用剪口生长
父亲一直会在那里,
在太阳落山的地方。

换一种颜色开启新的生活

登上高山，想抚摸一下你的背影，
却听到电台里你昨日的声音。
风是使者，浓缩四季酸楚，
成为剔透的思想。
似乎有一种痛，窒息了力量。
城市的车辆、高楼，还有不断的远方，
脚步都是疲惫的枷锁。是否可以，
收拾所有的年轮，封闭前生的姻缘？
让厚重的声音，换上满室绿植，
在一盏浅浅的床头光里，
开启新的生活。

记 挂

"6月26日是哥哥中考的日子",
时间生长着记号,
甚而把日子钉成了翻页的游船。
让记挂挂满了浓荫蔽日的港湾,
像风铃一样,
那么响亮!

寄一封诗书给三月桃花开

在春的邮箱里,
用一种相同的粉色,
寻找徘徊和慕仰的尘封。
风都可以,
传递细语呢喃。
相知,就把心扉放飞。

车繁马喧和烟熏火燎,
总是未能如愿。只有毅然,
隔绝尘世,做幽秘的舞台。
在三月,奏起今生的唱响!

径山寻幽

我辞了二百多公里的喧嚣,
把心底的情怀,向你敞开。
苔藓和我都是你的门徒,
万千世态和历程都可以过滤。
拾级而上,莲花瓣便是引者。
你把温柔、慈祥、睿智、友爱化作仰望的印,
施予远方的客,沐浴尘世的烟霾。

禅和松柏,放大了遒劲与沧桑的历史臂膀,
把绵绵的远山渐渐化成雾影。

我想把心境更多地写上你的印记,
你却用禅智的一笑,
换作我的匆匆离开!

来 临

夏的羽翼还很饱满,因为,
路还没有冷却的力量。
夜灯从来不会搭上霓虹的脉搏,
尽管孤独和痴狂。
流动的片段,
忽略所有的驰翔,
记忆只是第一观感,
楼宇和商场,互相增长,
三楼的名模,冷冷地朝我看。
心头一阵波澜,是不是夜已伤?

那个瞬间

在对的时间和地方,逆流而上,
时光如信,溪坝是故土的车厢。
轻轻浅唱,气息沉淀,
黛瓦青色依然,
时光剪断雨露化成干粮,
而脚印却始终无法干涸,
原来高山上住着的太阳,
只是沙漠里的月牙泉。
有一种凹陷的光点,才发觉,
你是不老的泉。
泪如雨下,晴空依旧水泱泱!

清晨,赶赴舟山

穿上晨起的伤,我赶赴。
舟山已经是口耳相传的归途。
五菱相伴了所有一起走过的兄弟,
前朝穿透了今朝,有了另一个期待的方向。
灵山湖的水波,翻开了已经遗忘的琴房。
我在她的身边轻轻飞过。
白岩下,伫着几世的墨绿,
直挺挺、一条条,穿成了纤细的针,
密密种在我的脊背,终于可以找寻。
一点点地剔除前半生的苦痛,
写下深深的印记!

清晨从远方回归

窗门和车门互通,
公路开始在凌晨舒缓,让脚步丈量,
甚至车轮都鼓足度量。
每一步都是菡萏花开,鸟鸣和话语清脆。
恬静,匍匐在远山的山岗。
摩托车,疾驰成远去的点缀,激活。
晨光和心瞬间接通得没有阻拦,
在风里都可以和湿润的气息握手、洗涤。
茵草还没有醒,睡在浅水边,澄净。
一颗露珠可以和昨日换盏,品茗,
太平湖浅浅地相扶,从云层中伸出大手,
摘下昨日的苦痛,滴碎在湖中。

清明思语

清明,已经长成满是青苔的瓦缸,
总是让夜雨打响前站。
以前的清明离我很远,
只有清明馃才能识别,
这是天堂的印章。
如今,父亲成了接引,
成为手中鲜素的菊黄,
标记在低矮的坟茔。
从此以后,我也将清香
装满一抔抔的黄土,
成为阴晴圆缺的渡航。

秋 夜

褪尽一天的倦怠，
拉出已经收藏的文字心情。

手机突然响起，
女儿的手表电话，流出一串悦耳的声音。

儿子在电话那头，
采用报喜的伎俩，数学考第一、英语第二。

心如流星，拉开窗帘，
东永高速车流如潮。

陆春祥的《浙江散文精选》，
斜斜地躺在床上，终于没开空调，
风扇可以轻轻晃荡！

壬寅新年晨日致陈亮

摊开你的年谱,赫然可见你的太祖母,
于是,我相信了你的外甥——朱德鑫的论断,
你的血液,还有我,以及我们,都没有走远。
拾级而上,可以听风望远。

万川已经遥远,我的先祖文元公亦在北方。
勘点文字,极目舒胸臆。
皆是尘事,浮云如雨,
太平湖下,尽可一泄千里,潮头勇立,
应该是你未曾走远的身影。

马声嘶啸,可长长远远,山河只是感叹。
看那驿道已改,黄店消迷,
九龟都已匍匐,
只有你的丈量还没有改变,
隔溪,我们便可以高谈。

俯身而下,你的身影让我惊颤。
庄园书声朗朗,

工厂如水滋润,义利的精髓一如案香。还有,
墨色墙垣,未曾遗忘。
你我都默然,立在桥下的身后,
隔着田畴,紧紧握着地平里升腾的气息。

春风已来,草木都有了新的目光,
笔架山下,一渠清水缓缓没有声响。

三月，油菜花黄

或许，在诗和远方的典籍，
你已认定，此刻生命必将璀璨。
在羽蝶的前夜，所有的意义就是，
妆扮盛大的典礼现场。
繁华从来都是从渲染中走来，
时光的秒针都可忽略，
一点点坚持鲜黄。任何观感已颓废，
淫雨也无济于事，晴空和夜黑，
只是无须在意地转换开关。
绽放，绽放，铺满三月的华章。
意义搭不上便车，只有无法触碰的航船可以靠岸。
你在荡漾，在水的湖心，
停着一艘温柔的船！

围 坐

围坐,燃起篝火。
我们说着旧年的故事,唱起新年的歌。
天空已经皎洁,今日和昨日没有区别。
小酒,可以诉说心事。

想起兄长已经走远,
否则,我们都可以一起跨过。
谈到我们没有远航,
还有一个梦想,
却依然青涩。

小溪、流水,青山、池塘,
依然可以忆起儿时的思量,
只是,我们都已经唱老,
人也换了模样。
午夜,年就在潜伏和窥探,
犹如老农的扁担。

温 暖

在小院端起重阳，
把延续几千年的情感，
注释成九月九的酒，如桂花香！
昨日的夕阳裹挟了今日的光，
映照了太多的笑靥和来往。
晨昏留恋了你们的孤单；
辛劳扯成了眉角泛起的衣裳。
你们把心愿填进七拐八弯，
放飞了燕，却收纳不了春的企盼。
高阳山成就不了伟岸，
却浸泡了雨雪风霜，炙烤了落日的残阳。
你们把所有都写成了心愿，
将边角挂上墙，
用青涩和垂幕做成文章。
以温暖的名字，一点点地明亮
守候的光！

我的 2018

2018 的指针已经在隆冬中削尖了脑袋,
让我突兀在镜的边缘油亮,
把期待的晴朗化成角质状的岁月伤。
我在晨的睡袋里嵌进注塑工的混沌,
言语已经没有任何意义,
无知和愚昧是难兄难弟,
性情是他随身的标签,
浮萍是漂流的情结。
他在晨的定义里,
用背影描写我穷尽一生的血泪。
注塑机的空白如冷风,
窗外唤来了冰凌的悲怆。
三千里江河早已成霜!
笑傲江湖,一河滩,一世朝阳,
终于在这个时点挂了长帆,
静看斜阳。

五一的箭

你,用我女儿的心情,
换来盛夏的光年。
莫名从镜中看到五一的靶心,
从霍金的宇宙中走过,
从黑到白,渐渐清晰地平面成杂白。
如夜,漆黑地用嘈杂掩没你的双眼,
是爱?是恨?是怨?是愁?
寂静早已习惯地无法赎回!
你是我上辈子的情和债,
下一站,是不是终点?
我化了半生的缘,偿了一世的酸,
  一元和二元的方程还是无解!

夏日的表达

在早起和晚归的脚步里,
下坠幽暗的窗台,
小楼在大厦的高度里伸展,
远山寄上久远的抚慰。
夜俱寂在远方,生长起白天的感想。
清灵的呼吸,
把前尘第一次渲染成故事,堵伤远归。
七月站上前行的方向,
夜折旧星光,
放任诊断伤了稚嫩的渴望,
回眸抹了流泪和伤感。
大水没有顾眷,
改变早就流失了曾经的稿纸,
让夏日无法往复!

野草覆盖了胸膛

雨后,野草,从沉淀的池里苏醒。
这本真的模样,是尘封已久的释放。
或许,无须任何刻意的修饰,
向往的蔚蓝,可否复述曾经的过往。

那里是战国的斗场,车辙里却滋养了上古的青苔,
炮火会在过往的云团里互相观望。

五月和十月相连,把血脉偾张,
鼓点可以响在梦里,脚步却不知迈向何方?

野草覆没了胸膛,
那一尾锦鲤无处可寻,
家在何方?
春已过,炽夏是否依然?

雨荷的执拗

伎俩,在大雨的尾巴下。
荷洒了过度的光芒。泪珠哀怨着远山
白云已经变浅,可以印上短暂的思想。
鱼也变小,清透的水光,玻璃缸,
让荷生长了大大的臂膀。
小草挤出足够的负氧离子和深深的呼吸,
记挂住很多念想!
晚风已经复活,在小伢儿的咿呀中,
柔软感动点亮了原野的冬寒。
只有雨荷还没有忘记,
想把那一颗晶莹的泪珠珍藏,
却又忽左忽右晃荡!

在宝龙遇见

我很奇怪,预言竟会如此真实,
重逢倏然而至!

或许,昨日的雪花,
是敲门的信使,一抬头便可触摸。
如此轻盈,又重重地叩响了心窝。

二十年的隔绝,已经很辽阔,
莫名的转角是穿越的按钮,
而宝龙是新的关口,
亦是开启盛唐的前门,
可以装帧。距离不等于时间的维度,
呆滞倏忽间便穿越了已经尘封的过往,
凝固,所有的眼泪、思想和行为。

意外,竟会如此生鲜,
或许这便是春即将来临的时节!

在门前整一块地

那垄地在我的眼眸荒废很久,
待更换的土已经没有寒冬的记忆,
春天的气息滞涨着思想显得空忙,
没有任何顾忌。
妻说,春会化开隆冬,
今年的生活充满期待。
——她一直活在春的阳光里,
背对着我的背影和气息。
白墙和黑瓦、青菜和晚风;
还有宁静乡间的本真日常!
这个红尘已经早早恋上。

在七棚头听雨

在有雨时节,
和七棚头古朴地挥手、倾听。
静山公手捧宗谱,默默等候
推开在梦中摇响的厅门,
鹅卵石湿滑,白墙黑瓦见惯不惊。
鲤鱼跃龙门已经流传很久,
火腿,在梁椽下酽藏,隆冬,
在我的西溪河里游走。

细雨是咚咚的鼓点,一滴滴滑落,
一遍遍抚触激动的咽喉。
任何声音都是多余的惊扰,
仅仅轻抚一根根粗硬的木梁,
推开重门,就可以思量和过往低语。
看雨,还是轻盈地在天井里纷飞乱走!

在这里

在这里,似曾相识,
那一个去年的你,
我如此守候,你在涌动的春风里,
编写未尽的续集,
用春的名义,在有雨的某个时点,
你我都未曾老去,却没有了往昔。
熟悉着你的背影,岔开没有支点的交集。
在潜伏的鱼塘里,
隔着透明的玻璃,我们都在惦记。
深深呼吸,不能阻止重重的撞击。
阳光总会穿透水滴,
停靠在浅浅的埠头里。
只是,春风不会忘记,
这个季节是相拥的佳期。
我们在这里重逢,
给予春的礼遇。

在雨夹雪的下午忆起你

从微信朋友圈里,看到了你,
雪,
飘飘洒洒,没有任何声响。
却,落在浅水中,
又没有一点痕迹。
下午,忆起你,
如雪一样的你,
因为少了母亲的陪伴,
突然涌出的泪滴。
就好像,这下雨的泥地,
绿泱泱,溅起许多思绪。
而我,却无法轻轻拾起。

循着鞭炮的声音

循着鞭炮的声音,可以,
从久远的激情里掏出一把火。
在清冷的早晨,看着包子铺里的气息,
挂在树梢,连雨都无法屏住呼吸。

灯笼如柿跳跃,相拥,
夜晚如虹,穿行其中照亮。
冬米糖在温暖而又寒冷的冬夜转身,随手可及。
另一种芳香寂静在缓缓的河底,
人声鼎沸,闹腾到午夜的鼓点,在堤坝衬着远走的印迹。

高楼站在前夜,手都偎着用眼睛说话,
竹篾积蓄生长的力量,春风遍抚,
听着鞭炮的声音。

轻轻走过

你我都轻轻走过,
在路途的终点,你停靠在远远的高坡。
我们的目光不会礼遇,就像一条静静的河。
或许,阳光会折射你的光波,
但,流泉是手中的沙,我无法紧握。
你始终惦记羽化成蝶的高光时刻,
而我,却心存小草的晶莹之歌。
我们都无法握手言和,
苦痛就会结痂成珍贵的相册。
哪怕是千疮百孔的山峦,
也可以在对的季节里,下起雨,
绿意满坡。

我们都轻轻走过,互相陌生着,
而后各自写下命运的歌。

迁 徙

你已然是一只春的候鸟,
却不自觉成为春风的绿衣,
用可以载动你以及你的行囊的旅程,
在同样的空气里,疾疾撞伤我。
快和简单早早催熟了你的翅膀,
你相信你已经开始流浪,
因为你坚持自己的信仰。
你已经忘记高架桥只是隔离,
并且抽干了昨日的营养。
在路的尽头,远方变得矮小、迷惘。
只有一缕风,却没有任何方向。

或者,你只是笼子里的那一只,
你觉得。但,
生活总是奢养着熟睡的年猪,
任春风滋养着肆意的野草,爬满胸口。
太阳总会在第二日的渴望里,无法企及。
就是如此的藩篱,我们从熟悉变得感伤。

在这里，我们都淡漠了晨钟暮雨。

已经厌倦的偈语，就是，

清脆的鸟鸣，只会响彻在寂静的晨曦。

春风里的渴望

一场春风催开了一个锁环，
一个女人，卡在可以眺望的门槛，
穿越。只有用，
最深的针芒，才可以，
刺痛已经遗忘的神经。

一块土疙瘩，磅礴，
却可以击穿眼角无法关闸。

我，在寂静的荒原，触摸到过往。
望断一叶扁舟，却不敢把手伸向埠头。
微笑，最自然的话语，都可以游离。
在一个漆黑的早晨，
寂静，拨动着远方的青灯。

在你的昨天，还有我的今天和远方的明天，
太多的平静，或者，就在明天的信箱里，
在无痕的湖面，

春风和暖阳牵手,
春雨也会来,去年过后就是新年。

春的等候

时序已经摁在车轮上,
让雨滴滑落,成为空灵。
年的烟尘还留在相互问候的嘴唇,选择着,
做成旧年的印记。
雪却轻轻放下,推开已经启动的年轮,
我们都在冷冬的塘底触碰鸭脚的深度,
一点点,俯视翠竹行走的速度,
在维度里肆意爬升。
厚重的日历倚靠在晨起的寂静里,
昨夜的梦境依然没有唤醒,
订单和种子,还有雨,无所顾忌。
透过氤氲的气息,还有鼓点,
成为下午茶里四溅的话语,浓缩了新的杯壶,
留在手心。说起远行,
我们都在逼仄的小弄蛰伏,
用已经翻过昨日的笑脸涌动,
在某个角落窥探,总结着深深的背影,
流浪而似曾远去。
一束光在指间轻轻滑落,

是不是应该苦痛，

春水划开冰凌，浮沉着仰望的星空。

别　离

其实你早就已经在午夜里远去,
却在春的时光里给我消息。

你把惊恐和伤悲都压缩成起点,也是终点,
却早早地睡去。
在凄冷和幽暗的冷库里,保持着你的谦卑,
还有未曾褪尽的过去。

为了不曾忘却的记忆,
我们只有把你装进繁华的盒子里,
还有我们的泪滴,
一起,在春风里凝固成永久的别离。

早晨的伤

前半生的伤一直潜伏,
提醒精神,生活很漫长。
日头天天照在即将开走的路,把生活排满。
打包、加料、查看质量,可以压抑疼痛的针芒。
洗一把脸,擦一下汗,
静静地坐着,
泡上酽酽的红茶,
手心却始终握不紧笔杆。

站在 2022 的门槛

我们已经忘却了时光的标记,
脚步,只是转动春夏秋冬的磨盘,
在这个繁忙的小城,
江河湖海都可剥离成晨曦和雾晚。

日子如云,
标记着刻度、信仰。
那些曾经和过往,已经干瘪,
只剩了一坛老酒。

我都已经忘记,
我还能生长热烈的渴望,
因为你的突然和真实的到来,
瞬间,充盈了我的皮囊。

找 寻

远山和晨雾潜伏,
把重复的昨日轻轻放在溪底,车鸣倾听成晚唱。
山霭翠绿,可以悠然推开,又重重撞击。
古街里,倚门相望,风情和旧日一同而来。
阳光挥舞成虹,
风却一点点掏空了沉重的羁绊,把眼眸拉长。
儿时的饭篮依然悬挂在寄满了奢望的晴空,
看着小小的巷口,走入一味味中药的暗香。
石阶扶着清凉,在悠长的古巷里,
一点点惦记着顽童的期盼。

酸豆角还是惦记着熟悉的墨色,
低矮的层楼仍然留存了白墙黑瓦里的山歌,
浅滩的鹅卵石,都是大山脚下俱寂的孩子。
山风没有仔细问候,却湮没细碎的步履,
填满记忆和敬仰。

将军在月光山和远方默然相对,
依如师部就在这里的铿锵决定,

在宏济桥下伸出坚强和果敢的臂膀,
从炮火的迷烟中和远处的壁画一起舞动着胜利的欢欣。
我们,在印记中一次次前行。
在王村口的山坳里,倾听枪鸣的呼啸,
在天后宫里鼓动四方号角,
在妈祖祥瑞的目光里,洗刷苦难的岁月,
在蔡相庙里把曙光传播远方!

灯火已经点亮,在夜的讲堂,
燃起许多火种和理想,
那是赓续前行的坚定力量!
来吧,用山妹子的嘹亮律音,
去拂拭纪念馆前那一樽樽红色的记忆;
来吧,让我们举起健壮的右臂,
发出响亮的誓言,释放满腔的豪情!
默默倾听,倾听那些坚定话语,
致敬,致敬已经走远的背影!

大山在伸展和唱吟,
红色和绿色越发生动和鲜亮。
我们重新出发,坚定前行!

这是另一种模样

在冬日应该收紧领口。
没有由头,规律的方框适时成为紧箍咒。
我依然仰望山的高昂,
荷的清秀,只是暮色里空袭了许多雪霜。
云没有爬上肩膀,水也没有吹皱。
脚底下的沙砾成为拐弯的方向,
或者是敲响焕发新枝的畅想!

中 秋

月儿圆的时候,阿基米德也来了。
家园穿行在中秋逼仄的缝隙,
白茫茫,挑了一筐秋藏。

第四辑 夜的足迹

晨　起

夜没有醒，
星宇都装睡了，
在浓浓的九重天里，漆黑。

金桂在九月，装满晨雾，
风霜站在荷尖，
孤寂在夜的塘底。
昨日的棒槌声隐隐作响。

沙地的柴狗，是唯一的敲钟者，
只闻其声。

穿过十字路口，绿灯亮起，
重重的卡车声从远处疾疾传来！

窗外,黑夜里装着倾听

窗外,传来楼底下的嗔笑癫狂,
那是白天的深刻总结。
我把昨日的思索笔直地探出,一束悬崖绝壁,
可以走上凌晨的路途。
因为我总是生长了孤独,
而来来往往的远方里,声音总是失传。
一个人的寂寞,在窗口的井壁里,
会点亮一束幽光,长夜漫漫。

凌晨，4 点 30 分

习惯，总是在深夜的末尾醒来，
万籁俱寂，疾疾的车声，脱了白日喧嚣的外套。
诗情画意，已经很早流落成草，
腰椎在凌晨的梦里才有安详。
可以掏空所有思想肆意灌装。
夜追上逝去的心，
在镜子里仔细端详，昨晚的模样。

梦·痛

星闪烁在云端,太阳戳我,
双眼锁住360度的白茫。
一颗即将坠落的心,
画外音里,不断传来熟悉的叫唤,
我想扔掉这颗厌恶的心,
就这样死去,
死到一个寂静的地方。
宇宙锁进铁盒,
手脚被拴进水缸。
一切都是沉寂的,
我背上千年的黑暗,
却终究捧不住一盘幽兰。
光明和光线是同室相煎的兄弟,
一根青葱交给一张空白的纸张,
里面却是一串平凡和简单!

深夜的等候

深夜的孤独,寄在简书上飘飞。
路灯发白得麻木,夜很深,
马路也已松弛。
冬的模式无法联通夜归人的路。

在夜的大幕里成长独行的脚步,
测量白天拥挤,凝固车马的喧扰。
夜是常青客,遍次翻开,
用一种未寄的思绪,
从此沙漠,从此荒芜。

晚归·等待

我锁了烟和雨，关了忧和伤；
把思想嵌入方向盘，
放飞我的翅膀，
任双脚肆虐霓虹的凄婉。
晚秋的风写尽了风情和温度，
却颤抖了我结疤的伤。
可以忽悠自己的双眼，
把刺耳的笛鸣，
换作古寺的钟铃，
一直深入心底，
寂静……

暮色冷却了白日的泪，
站在枝桠上晃荡，
没有接住，却穿越了清凉。
急急的车，瘦瘦的影
忽然又把我拉长！

我在心洞和半夜的缝隙里看天桥

我走了上千年,才孤独了夜的眼睛,
仰望着的巨大,俯看下的纤管,
远山绵延着幽长,
苍老的新颜吞蚀了风霜。
我从少年走到中年,
将朗朗的独行印在你的肩背,
驾驶一泓清泉,俯瞰着我汹涌的寒战。

莫名是这个世界的标签,
半夜的缝隙里才可窥见心洞,一目了然。
你的呼啸,只能吊空了我的双脚,
因为,天桥始终捧着我未化的心。

我不敢逝去,也不敢将老,
土地是最爱我的亲娘,我依然。
桥的两端,都是彼岸!

夜的困惑

为什么,夜总是在凌晨一两点钟打开天窗。
上古的传说和故事是远方的梦想。
文字,游曳的船,
寂静是最好的伴唱。
孤独和寂寞,键盘已经没有任何力量。
蓄谋已久的声音,总是会撞响关闭的闸门。
让夜亲吻黎明的曙光!

夜的闪亮比白天长

沉睡只是夜的棉被,
星火终究会在夜的草原里闪亮。
文字已经可以流淌,
春天的葱绿,必定肆意挥霍和生长。

梦的白天,脚步是永不停歇的车轮。
轰鸣和嘈杂的机器,
订单、产品、工人,始终是没有解开的枷锁,
涌动的只是那一丝光亮。

夜灯里,佛陀敲打着水声

熊焱从草堂的寺庙里,升座
点化水莲,盛开在初冬的院落。
松涛都可以低矮在门口的影子,
一起等候,空谷的传声。
声线是大雨后的最后一点眼泪,
白炽灯里的女人,脚步声都已磨碎,
袅娜的样子掬起一捧水,
放养一尾锦鲤,青春的月色可以染浓。
樵隐和陈兄,也已赶来,在群峰深处,
长夜里聚拢,漫说。
引领一群佛陀,
静静倾听水滴穿石的声音。

夜空从黑色的果浆里流浪

其实,黑色已经在秋天的臂膀里长满了苔衣,
厚厚的,没有任何点滴。

一个人的原野,只是夜里落单在水面的鸭子,
把星星都呷空,落荒而逃。

寂寥的人,在起伏的路面,
手里攥紧了未曾继续的路途,
或许,只是意想的延续。

夜空,竹林依然守候在醒着的方向,
从黑色的果浆里,让车辆和人流来来往往!

第五辑 埋在潭底的歌

窗前一盆花

窗前一盆花,
没有花,
我们默然相对。
池中鱼儿竞逐,
云中的花朵,
自由自在地。
我的马儿,
一会儿向前,
一会儿向左。
眼看东窗映日,
却不敢轻叩,
窗门是虚是实。

感 觉

大火过后,
无人记得爱情和春天。
残日的背影,缄默无言。

一个土匪,一把钢刀。
于瞬间,
便切断历史的喉管。
红色的祭坛上,发抖的羔羊,
和万籁俱寂一道陈列,
成为一帧重彩的风景。

给我你的原谅

有一地月光,
悄悄的思想,
十份祈求,十份渴望,
有一叶桑梓摇曳,
白绢相连,那片云绵。

汲取些许月的碎末,
一睹围墙,
这头那边清楚又为何?

释尽物主的黑暗,
笑衬杯酒的浑浊。
却不知,
有一把刀的利索,
空空然了,有片沙漠。
筑一个真空,
把日月轮回,静静地,
跪在面前谢罪。

凌晨五点

我倒在你的影子里
你浮在我的天空上
摸不到你的心际
唯我　能上天入地
远我心间

深情西湖

默默的　一碗情泉
泼洒着残冬的暖阳
让你我的影子
牵引着漫漫的波光
轻轻地斜靠着
刻在保俶塔的心窝里
在夕照中显现片片褴褛时光

失 败

平平静静地
对着别人笑
在午夜的街头
全部删去这个空间
枕着一缕烛光
闭上眼睛
让心灵走远
才发现岁月的水声在梦里

其实　冬的季节里
只需
一颗小石子绊脚
我们便无法走出寒冷

天与地

用酒精灼热的天
用岩浆冲灌的地
浇硬我　成为钢永驻风雨
在这个人世间的里弄
经营我的所有和所爱

天与地的精灵
一样演绎爱的神话

辛　苦

没有无人夜的季节
没有爽爽的清风
如酵房　沉恹恹
浸泡
碎碎的心成一坛老酒
只想睡　不能起

信

那个夜
悄悄地
将那片飘零的美丽
缠绵进一页生活的空白
情思
悠悠地
独自
妥贴着丝丝缕缕的细节
于是
这边
一颗默默沉吟的心
放飞
翠绿的风
然而
那边　却颤出一朵
三月的桃花
鞭策我无边的思绪
赶上季节

有许多

深深的夜里,
我看到了星空里默默的我。
电台里渴望的心。
寂静,
如一杯滑滑的奶茶,
渐渐地把我,
涂抹,
手抓住了许多。

整理心情

把这个心情　写在一个午后
天破了　关紧任一页窗门
一封封发黄的信
是一张张漂白已久的黄历
一杯咖啡色的心　留在笔尖里
放在书桌上　望着袅娜的身影
憧憬爱情

雨中等待秋天的墨绿

在已经久违的绵雨中静候，
在四省通衢的路口，握着秋的手，
看着眼前绵绵的温柔，无形的扑朔，
把发白的柏油路擦亮，
黝黑的锃亮，打着我的目光；
落在相拥的木楠，似乎可以，
看着咿呀学语的伢儿在那里交谈。
还有田里又开始冒起的新绿，
都开始极尽吸纳乳汁的期待，寂静没有声响。
夏日的清绿渐渐沉淀，
在水中看着野鸦露头，张开翅膀扑闪，
裹紧适宜的温存，
那也是我可以回家的旅程。

藤蔓伏在我的肩上

我的高大和伟岸是善良的,
允许你,藤蔓一点点地爬上我的脚,
在我的老腰里伸长,
而后悄悄地伏在我的肩上,
催着我不断拔长,
仰头,可以望着天空,
期望抚触到未曾握过的云彩,
还有心中早就想拥有的蔚蓝。
俯下身子,看到你的模样,
那稚嫩的双手正紧紧扣着我,让我慌张。
风吹过我,
一把把捋下无处安放的目光。

在夏溪村的九点

在夏溪村,繁华的饭店和我相遇,
我们从一种陌生步入繁华的陌生,
一种渴望许久的陌生,
夜色停留在九点和华灯相撞,
我们,已经熟悉而又陌生的友人,
在华灯下,牵出沉封在许久的五味杂陈中,
突然会想到另一个在附近的,
也是熟悉而又陌生的友人。
应该是最好的交流,老板也是某人的故交。
菜肴刚好,
我们在华灯下告别,回到夜色中开始沉默。
不用等待,
应该有的期待都不会再来。
拜拜就是拜拜。

从城里穿行在乡下的路上

八点的车流很快,
却不能打断鲜活的思想。
不能逾越,只有在规则的间隔里,
找寻着前进的机会。
必须抬头,保持警惕的步伐,
用手和思想测算出合理的目光,
否则,便会放行已经流放的追赶。
只有前进和时光不能置换,
因而穿过不能阻隔的飞桥,
才能闻着清新的稻穗香。
停歇在挥手即去的红灯里,
看着淡淡的晨晕,
就那么挂在目光可及的远方,
搜寻着收割机里即将开镰的声响。

在农历九月的分界点

雨和风都来,穿过重重的包围,
在十月国庆的早上,分隔身边的状况。
用秋衣,分隔白天,可以走过晨曦的夜晚,
当然,最为可惜了,
简单的臂膀缚上了许多多余的束装。

农历九月和公历十月,都是在潮的两端。
可以分为两种,那也是分隔的。
时序和天公总是拌嘴,
没有商量的晚餐提前了却没有滋味。

何不好好谈一场干干脆脆的恋爱,
简单的,可以拉上春城的手腕,
干干涩涩总会让人厌烦。
你涂好的伤,
又从去年的沟壕里爬上小小的巴掌,
握紧都没有力量。

我只是向阳的玫瑰

在春天,我会肆意生长,
把我的枝干,还有枝叶,
都收藏所有的涵养。不在于高大,
努力饱满就是最好的模样。
不需要芳香,
浓缩进所有的精华就是最好的期盼。

在夏天,我不需要绿叶遮阳,
只将春光沉淀,
甩开臂膀。无论时光漫长,
我都生长,向着光,向着太阳。
在沙砾里,简单而又浑圆。

在秋天里,我释放所有的华彩,
褪尽所有衬托,一层层埋进深深的土里,
只为留下煞红的意志,
尽管我只是向阳而生的玫瑰,
仍然可以敞开躯干,任风吹,没有怨悔。

循着机械的重复

开模，弹出，自动合模，
开始下一个循环。捡出制品，
再次手忙脚乱：
快速修除披锋，冷却，贴 Logo，
重复上千、上万次的重复，周师傅
和这些动作都没有联通。
可以分隔的步骤，连同他自己，
他的手和脚，都可以分隔。
突然的缺陷会紧张，忙乱的余光，标记着
手机视频的精彩，挨过漫长的半天时光，
仅此换成果腹的手段。

重复，芳芳和桃子的步骤不同，
芳芳和周师傅，桃子和芳芳都没有相同。
循环往复今天和昨天，还有未知的明天，
那也是大概率的重复。
材料、温度和平直，只是老板的孩子。
速度和质量的乘法口诀，是老师和学生的游戏，
可以背诵，及至运用的一定是移居的"新客"。

他们是分娩在劳务产床上的幼童,
却又迅疾膨胀,
在今年和明年的速度里切换,
连同场景,还有模式,继续陷落成流年的窠。

晨起，家庭随感

坐在电脑端前，
《生活在英国》的感想写了许久，
想了很多，空白，还是杂乱无章。

半小时前，妻电话说小女感冒怎么办，
不行，
赶紧吃药，却说县城的药箱没有备防。

透过大屏的幕窗，
七十多岁的老丈娘在注塑机旁，替我
弯着腰，一把一把捞起新出的制品，
身上还系着没有卸下的早餐围裙。

小儿早上开始的补习，
和上礼拜是同样的课题，早已微信通知，
却告我，没有收悉，年初首考在即。

清晨寂静，呷起秋日茶香，
读着阿光师的秋日独坐诗，

为人夫、为人父的心啊,

该何处安放?

在玫瑰之战里丢失了过往

《玫瑰之战》的名字，我早已熟悉，
只是，我无法有成片的空暇，
将自己置身其间，而没有距离。因为，
我担心啊，里面的人可能就是我的过去；
我怕，二十年前的旧梦又会隐隐疼痛窒息。

顾念在屏幕里向我走来，仿佛
那也是我青春里的光彩。在他乡，
我也一样孤独。人前笑背后哭，
每天的生活，和方旭的模样无异。
我们都是在太阳底下的赶路人，
为什么，我们却是最不幸的那一颗水滴。
离职的场景又一次重演，我和顾念没有可疑。

在银屏的方寸之间，偶合竟会如此惊奇，
我感谢顾念，也感谢袁泉的精彩演绎，
我诧异，顾念的泪，就是我没有流干的继续。
一句句控诉、一种种竞争，
竟是我没有领悟的偈语，

我竟然还依恋着过去,关注着那些人,
还有那些事的点点滴滴,没有忘记,
傻傻的,留下太多无法磨灭的印记。
于是,我删除了公众号,还有所有的联系,
彻底忘记。

在寂静的黑夜里回来

从繁华的都市去往乡下,
驾车,路灯渐次稀薄。
喧嚣和车鸣都已落在身后,
我们都是黑幕里的甲壳虫,
在大幕里表演快速蠕动。

寂静,
我们和这里熟悉得没有商量。
邻家的小狗,
在长灯下,带着欢叫,
小跑着穿插呼拥。
在门口,目送我们没入电梯房。

开灯,在落地窗前看着熟悉的村子,
数着灯光,也数着久违的心事。
我们,在寂静里一起沉默进白天的故事,
瞬间融合进夜幕里的村子。
远处的高速路口依然亮堂,
和小狗一起,

合成我们回来的音响。
而我,就是在这个夜里,
可以读懂的唯一看官。

后　记

　　我接触诗歌是很早以前的事了。或许是性格原因，我个人觉得我的性格比较内向、自卑、不善于表达和交流。也或许是学生时代受老师影响的缘故，我从小就喜欢读一些文学作品。特别是20世纪80年代末90年代初，祖国大江南北、校园内外风行著名诗人汪国真笔下的那一首首脍炙人口的诗歌，我就是他很忠诚的读者，同时也使我深受鼓舞和启发，从那个时候开始激发了我对现代诗歌的爱好，并逐渐养成了读诗、写诗的习惯。

　　高中时期，我在永康市龙山中学上学。当时，学校创办了晨笛文学社和《风华》校园报，我是文学社的社员，也是《风华》报记者团的主要成员。参加这两个文学社团，进一步催生了我对诗歌的学习和创作。可惜的是，因为去杭州上学、工作变动和时间久远等诸多原因，当时的诗稿大部分已遗失无存。

　　这里不得不提的是吕煊老师，吕煊老师是我的学长，也是我十分敬佩和仰慕的师长。我们的故土都是在永康东北角分属西溪、龙山两镇的偏僻之地。附近既没有什么高山大河，也没有显赫的文人雅士，乡民大多是面朝黄土背朝天、老实巴交的农民。我在上高中时期，吕煊老师恰巧在西溪初中任教，当时他的诗歌便已经频频闪耀在永康诗坛。那个时候的我们素昧平生，却让我对他产生了浓厚的兴趣，我时常关注着他的动态和作品。通过这些年来不断参与永康本地文学社团的活动，进而发现在我们永康的"上角"还有永康作协的主席蒋伟文老师、永康日报社的蒋中意老师、我的高中语文老师陈爱姝老师，还有我们永康乡土文化研究会的会长、《龙山文苑》主编黄长征老师等众多的文学界"翘楚"。于是，我时常会由此产生联想和发问，为什么在如此贫瘠的土地上、在如此平凡的芸芸众生之中会有如此与现实格格不入的文学繁荣现象？这无疑在无形中给我带来了许多力量和鼓舞，促使我在诗歌学习的道路上努力、再努力！

不得不说，在诗歌学习、创作的道路上，我还只是一个刚刚迈入诗歌殿堂的"小学生"。从学生时代一直到前几年，这期间因为疲于奔命而中断了二十来年的时光，使我远离了诗歌，使我对诗歌的学习和创作更有了敬畏和无从入手的困惑。幸运的是，虽然我生活、工作在永康市，却有着丰富的文学给养和氛围，我想这必将成为滋养我勤奋向上，促使我更好学习和创作的肥沃土壤。

一直以来，我的潜意识告诉我，我的创作其实只能算是"涂鸦"，是荒诞的、可笑的甚至是幼稚的，上不了台面、登不了大雅之堂，至多只能算是文字的分行。

生活中，时常会有人问我，你写的是诗歌吗？你想表达什么,让你写这首诗的初衷是什么?很遗憾,很多时候,我都无法回答类似的问题,只能报以淡淡的苦笑。诗不可言说,写诗的初衷也不可言说。在我看来,诗歌是浩渺夜空中幽远的星辰,稍纵即逝,它只存活在我们的"心胞"里、跳跃在脑海中,它虚无得无法触摸,却又是那么真实,让人激动,发生感叹和联想。所以,我总是习惯于在夜晚、在凌晨,在一个人安静得可以倾听自己心跳的时候,写下我的"分行"。

当然,我对自己的创作是失望的。我的失望不是因为诗歌没有给我带来名气,带来荣誉,带来金钱,增加人生的厚度,增加生活的分量。我的失望源于现实,毕竟在现实面前,诗歌是脆弱的。我们需要面对烦琐的烟火日常,不得不整日为了生计疲于奔命,不得不为了琐碎的丁点儿小事而大费周章,因而很多时候,我都无法腾空自己,让自己静下心来,释放自己的灵魂;我的失望也源于我对诗歌的无力,对词语的无力,对表达的无力。这可能和我的阅读量偏少、较少参加诗友之间的学习和交流等因素有关。特别是这两年,当我再次拿起手中的笔,竟然觉得有许多的陌生,甚至有时候我会突然发觉诗歌一直对我熟视无睹,它甚至没有让我增长一丝一毫的生存智慧,反而让我徒生了许多的胆怯,让我越来越搞不懂诗到底是什么,这好比隔着一扇关闭的门敬奉一尊神,你每天虔诚地朝拜、焚香、鞠躬……但有一天,当你打开一扇门,才突然发觉里面空空的,没有任何东西。

我一直认为,写诗需要氛围,需要交流和碰撞,需要激情；但其实我最缺乏的就是这些东西。这可能是囿于工作、生活圈子使然，所以我觉得就我目前的状态写不成诗，也写不出好诗，我还需继续努力。努力在寻找中等待，同时也在等待中寻找。我没有把握能够找到或等到，但我不会放弃。因为，可能的胜利大多来源于永不放弃的追寻。

在这几年的诗歌学习、创作实践过程中，我一直认为诗歌是需要有灵性，需要有闪光点的。所以我一直在找寻和发现，但可能是因为我比较愚钝，或者浮于日常，终究使我十分困惑和苦恼。因而我的作品不多，投稿也不多。但是，不出作品、不投稿不代表不认真、不积极和主动，相反，我是一个很想提高诗歌技艺、很想提高作品质量的诗歌"票友"。所以我除了从别人的诗歌作品学习借鉴外，还专门订阅了许多的诗歌期刊，利用休息时间持续学习。

我喜欢安静，喜欢一个人可以没有干扰地做一些自己喜欢的事情。我的生活圈子很小、交际圈子也很狭窄，所以，其实我是一个非常孤独的人。因为需要整日经营工厂管理的缘故，我可以用于学习诗歌的时间也很有限。这也正是我的笔名"朝润"和网名"春雨绿茶色"的来源，我希望友情、渴望亲情，希望得到问候和关心。所以我非常期待和渴望有机会参与讲座、外出采风、文友聚会之类的活动，我也希望我的"分行"能得到各位师友的不吝剖析和指导！期待可以在诗歌学习和创作的道路上日有精进，期待我的作品能上刊、面世，并且和志同道合的好友分享！

后记

  前些年，由于供职于汽车零部件制造业、忙于工厂经营管理、忙于生活日常等诸多不可推脱的事务，我与诗歌渐行渐远，虽然也在读，但几乎都没有新的创作。我把这段时间叫作沉淀和积累，我希望不是在沉寂中默默而去，而是在厚积后迎来薄发。特别是近年来持续不断地参加永康市作协、金华市作协、永康市乡土文化研究会等文学社团的活动，我想这应该就是一个转折点，我真诚地期待在大家的指导和鼓励下，重新出发，多学，多创作，争取在诗歌学习和创作的道路上取得更大进步！

  最后，我要感谢在我的这本集子出版过程中给予大力支持、鼓励和帮助的中国作协会员吕煊老师、现居杭州某媒体的中国作协诗人李郁葱老师和青年作家网的汪鑫老师，不吝赐予墨宝的施章华老师以及其他各位不一一致谢的师友。

贾光华

2022 年 9 月 20 日

起舞弄影

晨曦鹭影